日本一短い「未来」への手紙〈増補改訂版〉

本書は、平成十九年度の第五回「新一筆啓上賞―日本一短い『未来』への手紙」（福井県坂井市丸岡町・財団法人丸岡町文化振興事業団主催、郵便事業株式会社・文化庁後援、住友グループ広報委員会特別後援）の入賞作品を中心にまとめたものである。

同賞には、平成十九年六月一日～九月三十日の期間内に三万七七二三通の応募があった。平成二十年二月六日に最終選考が行われ、大賞五篇、秀作一〇篇、住友賞二〇篇、メッセージ賞一〇篇、丸岡青年会議所賞五篇、「心の手紙」特別賞六篇、佳作一〇〇篇が選ばれた。本書に掲載した年齢・都道府県名は応募時のものである。

同賞の選考委員は、小室等、佐々木幹郎、中山千夏、西ゆうじ、井場満の諸氏であった。

目次

入賞作品

大賞

秀作

住友賞

メッセージ賞

丸岡青年会議所賞

「心の手紙」特別賞

「50年先の未来の名医へ」

今《いま》すぐ、タイムマシーンで、妻《つま》を助《たす》けに来《き》て下《くだ》さい。

妻は36歳の時に、乳癌にかかり、10年後ぐらいに、あちこちに転移して、癌に苦しんでいます。50年後は、現代より医学も向上していると思います。

大賞
［郵便事業株式会社社長賞］
松永 佳二
愛媛県 54歳 会社員

「十年先の未来のぼくへ」

「大人《おとな》になったら分《わ》かるわ。」
何《なに》か分《わ》かったか？

大賞
［郵便事業株式会社社長賞］
小田村 修平
福井県　12歳　小学校6年

「5年先の未来の自分へ」

起《お》きろー。
いつまで寝《ね》てるんだ。

大賞
［郵便事業株式会社社長賞］
宮国 泰佑
沖縄県 15歳 高校1年

「72年先の未来の自分へ」

しぶといな。

大賞

［郵便事業株式会社社長賞］

鹿江 圭介

福井県 18歳 高校3年

「10年先の未来の自分へ」

今《いま》どこ？

まじっ！

今《いま》そっちむかうわ。

大賞

［郵便事業株式会社社長賞］

赤須 清志

東京都 17歳 高校2年

「七十年先の未来の自分へ」

未来《みらい》の自分《じぶん》から電話《でんわ》がきた。
でも何《なに》言《い》ってるのか聞《き》こえない。
ちゃんと入《い》れ歯《ば》をしてよ。

秀作
［郵便事業株式会社北陸支社長賞］
北田 千織
北海道 14歳 中学校2年

「十一年先の未来の夫へ」

十一年前《じゅういちねんまえ》のあの日《ひ》のあのケンカ。
あれは私《わたし》が悪《わる》かったわ！　ごめん。

十一年分の夫への愛をこめて手紙に記したいと思いました。

秀作
［郵便事業株式会社北陸支社長賞］
四宮 亜由美
兵庫県　29歳　主婦

「10年先の未来の父へ」

もう歳《とし》はごまかせまい。

秀作
［郵便事業株式会社北陸支社長賞］
阿部 いつか
埼玉県 18歳 高校3年

「十年先の未来の私の好きだった人へ」

気《き》づいてなかったでしょ？
私《わたし》が好《す》きだったってこと。

秀作
［郵便事業株式会社北陸支社長賞］
山下 優花
福岡県　15歳　高校1年

「12年先の未来のおばあちゃんへ」

お元気《げんき》ですか？
美容師《びようし》始《はじ》めました。
小《ちい》さいころ約束《やくそく》したの覚《おぼ》えてますか。
一度《いちど》はきてね。

秀作
［郵便事業株式会社北陸支社長賞］
東 愛海
福井県 10歳 小学校5年

「23年先の未来の自分へ」

『住宅《じゅうたく》ローン』終《お》わった？
その家《いえ》はお前《まえ》の物《もの》だ！
しかし問題《もんだい》は、あと何年《なんねん》住《す》めるかだ!!

ローンが終わる時、ボクは75才である。マイホームに住めるのも、あと何年だろう。

秀作
［郵便事業株式会社北陸支社長賞］
菅沼 浩一
神奈川県 51歳 自営業

「10年先の未来のひいばあちゃんへ」

ほら生《い》きとった！
「死《し》んだがよか」なんて言《い》ってないで
玄孫《やしゃご》の花嫁《はなよめ》姿《すがた》拝《おが》んでいけば？

秀作
［郵便事業株式会社北陸支社長賞］
坂本 明日香
福岡県 24歳 会社員

現在93才のひいばあちゃんですが、最近「何の役にも立たんから、もう死んだがよか」なんて言葉をしばしば言っています。私の計画通りにいけば〈笑〉まだ見ぬ私の娘（?）も小学生なので、更に10年、20年、もっと欲張って生きてほしい、と願ってこの手紙を書きました。

「10年先の未来の自分へ」

とつぜんだけど、
今《いま》地球《ちきゅう》どうなってるの。
私《わたし》の電気《でんき》の節《せつ》やくって、
やくにたったのかな。

秀作
［郵便事業株式会社北陸支社長賞］
藤堂 智江
福井県 9歳 小学校4年

「10年先の未来のりんへ」

りんは10才《さい》、オレは21才《さい》、
おっちゃんになっている
いっぱいおもちゃ買《か》ってやる。

秀作
［郵便事業株式会社北陸支社長賞］
田中 壱成
福井県 11歳 小学校6年

「9年先の未来の自分へ」

9年後《ねんご》、僕《ぼく》は22才《さい》、
22才《さい》の僕《ぼく》に見《み》てほしいものがある。
3月《がつ》9日10時《じ》8分《ふん》、皆既日食《かいきにっしょく》だ。

秀作
［郵便事業株式会社北陸支社長賞］
中川原 祐布樹
福岡県　13歳　中学校1年

「50年先の未来の自分へ」

絶対《ぜったい》ハゲんって言《い》ってたやん。

住友賞
吉田 怜史
福井県 16歳 高校1年

「100年先の未来の技術へ」

未来《みらい》からまだ誰《だれ》も来《き》てないので、
タイムマシーンは発明《はつめい》されてないんですね。
残念《ざんねん》です。

住友賞
池城 翔太
沖縄県 18歳 高校3年

「40年先の未来のハンカチおうじへ」

ハンカチおうじは手《て》ぬぐいおやじになっていますか？

ハンカチおうじはいずれ年をとる。つまり、おやじになるということ!!

住友賞
前嶋 陸
福岡県 12歳 中学校1年

「30年先の未来のお父さんへ」

まだ、ぼくとキャッチボールできるかな。
秘密《ひみつ》だけど、少《すこ》しゆっくり投《な》げてあげるね。

住友賞
小和田 健太郎
福井県 10歳 小学校5年

「70年先の未来の夫へ」

寿命《じゅみょう》まであと70年《ねん》は宜《よろ》しく……
があなたのプロポーズ。
期限《きげん》ですが延長《えんちょう》させて下《くだ》さい。

住友賞
山本 志穂
茨城県 30歳 主婦

「七十年先の未来の自分へ」

百十九《ひゃくじゅうきゅう》歳《さい》。
長寿《ちょうじゅ》日本一《にっぽんいち》まであと一人《ひとり》だが、
まさか女房《にょうぼう》とは。
最期《さいご》まで勝《か》てなかったか。

住友賞
伊藤 雅之
埼玉県 49歳 会社員

「10年先の未来のお母さんへ」

私《わたし》は、もうおとなやでの。
ねる前《まえ》のチューはいらんし、
おしりをなでるのは、やめてや!!

住友賞
北 侑希子
福井県 10歳 小学校4年

「20年先の未来のお母さんへ」

おこりんぼうの　お母《かあ》さん元気《げんき》ですか？
おこることがなくてさみしいでしょうね。

住友賞
上山　華歩
北海道　9歳　小学校3年

カホは、3人兄弟の長女です。いつも、おこっている私…自分達が大人になって
おこられることもなくなると思ったのでしょう。

「10年先の未来の娘の婚約者へ」

娘《むすめ》と私《わたし》の秘密《ひみつ》を初公開《はつこうかい》。
娘《むすめ》の最初《さいしょ》の婚約者《こんやくしゃ》は君《きみ》ではない！
父親《ちちおや》のこの私《わたし》だ！

住友賞
長坂 均
埼玉県 52歳 会社員

娘を手放したくない父親の嫉妬心でしょうか。

「10年先の未来の私へ」

身体《からだ》ではなく、
心《こころ》が丸《まる》くなっていきます様《よう》に。

住友賞
高橋 扶実
埼玉県 38歳 主婦

「三年先の未来の遠くの友だちへ」

初《はじ》めて給料《きゅうりょう》もらったよ。
今《いま》からそちらに向《む》かいます。
メールじゃなくてたくさん喋《しゃべ》ろう。

住友賞
田中 美穂
鳥取県 16歳 高校2年

「30年先の未来のとしきへ」

毎日《まいにち》早《はや》くかえってね。
子《こ》どもとたくさんあそんであげて。
ぼくもパパをまっていたから。

住友賞
小林 俊貴
福井県 7歳 小学校2年

「10年先の未来の自分へ」

踠《もが》いて、踠《もが》いて、
子供《こども》の笑顔《えがお》の為《ため》に頑張《がんば》ってきたけど。
今《いま》、自分《じぶん》の為《ため》に笑《わら》ってますか。

住友賞
浅見 直子
東京都 39歳 主婦

主人のこと自分の体調のこと姑のことなど……
様々な思いの中で、子供達の笑顔だけが救い。

住友賞

蔵田 卓寛
福井県 8歳 小学校3年

「21年先の未来のぼくへ」

ぼく、
お父《とう》さんみたいな
お父《とう》さんになっているよね。
きっとね。

何でも教えてくれる ぼくの大すきなお父さんになっていたいから。

「20年先の未来の夫へ」

勤続《きんぞく》ご苦労様《くろうさま》でした。
ご褒美《ほうび》に世界旅行《せかいりょこう》をプレゼントします。
私《わたし》という添乗員《てんじょういん》も付《つ》けて。

家族のために毎日、一生懸命働いてくれている夫。
65歳で定年を迎えたら、ゆっくり、水入らずで世界旅行をしたいです。

住友賞
相原 薫
千葉県 39歳 主婦

「六年先の未来の母さんへ」

母《かあ》さん、20才《さい》になりました。
僕《ぼく》は、ひとりで歩《ある》けます。
今度《こんど》は僕《ぼく》が母《かあ》さんのとなりです。

ずーっと、となりにいてくれました。後ろで僕を見てくれました。
大人になったら今度は、僕の番。

住友賞
井上　祐治
東京都　13歳
盲学校中学部2年

「3年先の未来の娘へ」

「彼氏《かれし》できたか　選《えら》ぶな今更《いまさら》　孫《まご》　抱《だ》かせ」

住友賞
田島　善日出
石川県　65歳　農業

「20年先の未来のぼくへ」

ぼくの未来《みらい》、絵《え》かきさん。
いろんな絵《え》をかきへんな顔《かお》。
草《くさ》の絵《え》、原《はら》の絵《え》、うちゅうの絵《え》。

住友賞
上杉　紘史
福井県　10歳　小学校4年

「10年先の未来のあっちゃんへ」

ズボンとパンツを一緒《いっしょ》に脱《ぬ》いで
洗濯機《せんたくき》に入《い》れるな～って何回言《なんかいい》ったやろ。
まさか今《いま》でも？

何回言っても直りません。いくらなんでも20才になったら大丈夫かな？
でも、まだやっていそうです。

住友賞
窪田　直子
福井県　会社員

「十年先の未来の自分へ」

飽《あ》きっぽいからって
自分《じぶん》の人生《じんせい》飽《あ》きるなよ。
たのむから。

今がんばっているのに　未来の自分に飽きられたら困るから

住友賞
高橋　巧
福井県　16歳　高校1年

「75年先の未来の自分へ」

生命線《せいめいせん》が短《みじか》いので、マジックで太《ふと》く長《なが》く書《か》き足《た》しました。長生《ながい》きしてますか?

メッセージ賞
濱 智子
鹿児島 25歳 主婦

「50年先の未来の兄ちゃんへ」

やっぱりぼくの兄《にい》ちゃんなんですか
いまでもゲームかってにつかっているの？
たまには兄ちゃんになってみたい。

メッセージ賞
金子 太祐
埼玉県　8歳　小学校2年

「7年先の未来の両親へ」

もうお小遣《こづか》いはいりません。

メッセージ賞

上妻 夏美

熊本県 16歳 高校1年

「半年先の未来の自分へ」

国語《こくご》の成績《せいせき》は上《あ》がっていますか。
僕《ぼく》は今《いま》、成績《せいせき》を上《あ》げるために
この手紙《てがみ》を書《か》いています。

自分の本心を書いてみました。

メッセージ賞
渡部 慎太郎
神奈川県　14歳　中学校3年

「一年先の未来の君へ」

テストで〝エビフライ＝ハン〟と書《か》き
落《お》ち込《こ》んでいる君《きみ》。
今《いま》は持《も》ちネタにできたかな？

メッセージ賞
山下 雅子
和歌山県 51歳 中学校講師

「○年先の未来のパパへ」

わたしのたんじょうびに、
わたしのくるまのとなりにのって、
おすしやさんにいこうね。

メッセージ賞
川端 奈緒
福井県　6歳　小学校1年

「30年先の未来のままへ」

あたまはまっしろ、
こしはぐにゃり。
それでもぼくのままはまま。
「だいすきです。」

ままはいま46さいです。

メッセージ賞
杉本 拓海
福井県 6歳 小学校1年

「30年先の未来の私へ」

料理上手《りょうりじょうず》でお世話焼《せわや》き。
怒《おこ》った所《ところ》はまるで鬼《おに》!
私《わたし》は、お母《かあ》さんのようになってるのかな?

メッセージ賞
高野 彰代
島根県 16歳 高校2年

「4年先の未来の父さんへ」

本当《ほんとう》の娘《むすめ》じゃないのに、
本気《ほんき》で叱《しか》ってくれてありがとう。
やっと一緒《いっしょ》に晩酌《ばんしゃく》できるね。

メッセージ賞
山中 さやか
高知県 16歳 高校2年

「一年先の未来の妻へ」

網膜症《もうまくしょう》が一段《いちだん》と進《すす》んだね。
でも心配《しんぱい》いらないよ。
いざという時《とき》は、私《わたし》が杖《つえ》になるからね。

メッセージ賞
小松 武治
東京都 71歳

「20年先の未来の総理大臣へ」

勉強《べんきょう》ばかりで頭《あたま》でっかちの人《ひと》より、
やさしい心《こころ》のハートでっかちの人《ひと》が
多《おお》い国《くに》ですか？

丸岡青年会議所賞
木村 誠
福井県 11歳

いじめや自殺がない国になっていたらいいなあ

「○年先の未来のおかあさんへ」

もっともっとおおきくなって
あしをふんであげるね。
きもちいいでしょ

丸岡青年会議所賞
髙松　京香
福井県　7歳　小学校1年

お姉ちゃんは大きすぎる位なのに京香はガリガリで軽いからいつも
「大きくなれるといいね」と言っています。

「30年先の未来のぼくへ」

ろぼっとをつくって
うちゅうへいってきましたか。
どせいのわをみたかなぁ。すごい？

丸岡青年会議所賞
南部 嵩治
福井県 6歳 小学校1年

自分の作ったロボットをロケットに乗せて宇宙を探検したいそうです。
又、それを実現した未来への僕へ。

「13年先の未来のおかあさんへ」

ディズニーランドにつれていってあげるね。
そのときはおしごと休《やす》んでね。

丸岡青年会議所賞
西川　詩乃
福井県　7歳　小学校2年

「十年先の未来の大学生のぼくへ」

車《くるま》のうんてんが、
できると思《おも》うから、
ばあちゃんを色《いろ》んなところに、
つれてってね。

自動車学校の費用を、ばあちゃんが出してくれると、本人と約束していたみたいで、そのかわりに行きたい所へは全部連れてってあげないとね…。と話していました。

丸岡青年会議所賞
前川 尚広
福井県 8歳 小学校2年

「9年先の未来のたくみへ」

「8ばん、ライト　くわばらたくみくん。」
こうしえんでアナウンスながれているかい？

「心の手紙」特別賞
桑原 拓海
福井県　7歳　小学校1年

「10年先の未来の自分へ」

一度《いちど》でいいから、恋《こい》がしたい。
ソフトクリームみたいな、
甘《あま》い甘《あま》い恋《こい》を一度《いちど》でいいから。

「心の手紙」特別賞
阪口 みつき
岡山県 14歳 中学校3年

「二年先の未来のおれへ」

二十歳《はたち》になったら
一緒《いっしょ》にロンドン行《い》きたいだって。
これから貯《た》める貯金《ちょきん》、お使《つか》い下《くだ》さい。

彼女が冗談交じり言った言葉の本気になって考えてみた気持ち。

「心の手紙」特別賞
山元 健也
宮崎県 17歳 高校3年

「30年先の未来の自分へ」

あなたは愛媛《えひめ》に戻《もど》って
みかんを作《つく》っていますか？
みんなの喜《よろこ》ぶ顔《かお》がみえてきます☆

地方から離れた学校に通っているので、
将来地方に戻って、大好きなみかんを作りたいという気もち。

「心の手紙」特別賞
松岡 晃生
石川県 17歳 高校3年

「1年先の未来の自分へ」

身長《しんちょう》が二《に》センチメートル
伸《の》びていたらいいなぁ。

「心の手紙」特別賞
原　義之
東京都　16歳　高校2年

「50年先の未来の白くまさんへ」

北極《ほっきょく》の白《しろ》くまさん、
特大《とくだい》のクーラーボックス届《とど》けます。

「心の手紙」特別賞
石塚　景子
神奈川県　13歳　中学校2年

佳作

未来

「10年先の未来の自分へ」

夢《ゆめ》は叶《かな》いましたか？
今《いま》の自分《じぶん》は夢《ゆめ》のために努力《どりょく》しています。
未来《みらい》の僕《ぼく》、返事《へんじ》を聞《き》かせて。

千葉 竜也
北海道 17歳 高校2年

「10年先の未来の自分へ」

親孝行《おやこうこう》できた？
間《ま》に合《あ》うといいね。
親《おや》も子《こ》も、いい年《とし》なんだから。

森内 奈穂子
北海道　40歳　アルバイト

「10年先の未来の自分へ」

元気《げんき》で生《い》きてますか？
僕《ぼく》は少《すこ》し元気《げんき》です。
未来《みらい》の自分《じぶん》に迷惑《めいわく》がかからぬよう
頑張《がんば》ります。

門間 弘樹
北海道 16歳 高校2年

「27年先の未来の私へ」

夏《なつ》の夜《よ》の　光《ひかり》と音《おと》の眩《まぶ》しさや
この夏《なつ》を憶《おぼ》えていますか？
彼《かれ》は隣《となり》で笑《わら》っていますか？

小野寺恵
青森県　33歳　事務員

「5年先の未来の未来へ」

大《おお》きくなってせぼねの手《しゅ》じゅつをし
コルセットをはずし
ママに力《ちから》いっぱいだきつきたい。

工藤 未来
青森県 8歳 小学校3年

「8年先の未来のあなたへ」

来世《らいせ》でも、その又遠《またとお》い未来《みらい》でも、
きっと貴方《あなた》に出逢《であ》えるように、
貴方《あなた》の全《すべ》てを記憶《きおく》する。

角 侑未子
青森県 28歳 パート

「100年先の未来の人たちへ」

トンボの眼鏡《めがね》は水色眼鏡《みずいろめがね》。
今《いま》でもトンボの眼鏡《めがね》は
きれいな空《そら》の色《いろ》ですか

村山 真美
青森県 16歳 高校2年

「明日のお母さんへ（一日先の未来の母へ）」

今日《きょう》も　この字《じ》が読《よ》めますか。
明日《あす》もきっと大丈夫《だいじょうぶ》。

山口　聡美
宮城県　28歳　アルバイト

「20年先の未来の夫へ」

先《さき》に私《わたし》が逝《い》ってたらごめんね。
その時《とき》は、押入《おしい》れの中《なか》の同人誌《どうじんし》の処分《しょぶん》、
よろしくね。

横山 真由美
宮城県 49歳 主婦

「20年先の私へ」

あら！ 思《おも》いの外元気《ほかげんき》ですね。良《よ》かった。
いま少《すこ》し待《ま》って下《くだ》さいね。
現在《いま》とても楽《たの》しいの。

小杉 雅子
秋田県 60歳 新聞配達

「〇年先の未来の私へ」

家族《かぞく》が減《へ》り、
レシートが短《みじか》くなりました。
今後《こんご》は、自分《じぶん》の幸《しあわ》せの時《とき》を
延《の》ばしていきます。

吉住 文美
山形県 52歳 会社員

「二年先の未来の妻へ」

話《はな》し合《あ》うことの少《すく》なかった三十年《さんじゅうねん》。
残《のこ》りの人生《じんせい》、過《す》ぎた分《ぶん》だけ話《はなし》をするよ。
ごめんよ。

髙橋 賢樹
福島県 57歳 会社員

「50年先の未来のパパへ」

不安《ふあん》だらけの私《わたし》は今《いま》、どこにいますか。
台所《だいどころ》？ 庭《にわ》？ お墓《はか》？
隣《となり》がいいな。一緒《いっしょ》がいいな。

油座 仁美
福島県 33歳 主婦

「10年後の連れ合い様へ」

車種《しゃしゅ》は決《き》まりましたか？
アタクシ女《オンナ》、
一生《いっしょう》アナタの運転席《うんてんせき》に乗《の》りますからして
お覚悟《かくご》を！

横山　ひろこ
福島県　41歳　主婦

「13年先の未来の孫へ」

優《やさ》しいウルトラマンだった君《きみ》、
成人式《せいじんしき》で変心《へんしん》してくれるなよ。

野尻 敏夫
栃木県 71歳

「4年先の未来のアナログ放送へ」

仕事《しごと》おさめは済《す》みましたか？
お勤《つと》めご苦労様《くろうさま》でした。
ゆっくりおやすみください。

大島 久
群馬県 28歳

「30年先のばんさんへ」

あなたの帰《かえ》りを待《ま》つお鍋《なべ》と私《わたし》。
料理《りょうり》の楽《たの》しさ教《おし》えてくれてありがとう。
今夜《こんや》はカレーよ！

斉藤 悠子
群馬県 30歳 会社員

「30年先の未来の雅秀君へ（現在中二の息子）」

今《いま》ならわかるでしょ。
卒業式《そつぎょうしき》でどうしてお母《かあ》さんが
泣《な》きそうになったのか。

長谷川 晴美
群馬県 42歳 アルバイト

「19年先の未来の武仁へ」

アンパンマンの音楽《おんがく》にあわせて
お尻《しり》を振《ふ》っていた武仁《たけと》は、
何《なに》に興味《きょうみ》を持《も》っていますか？

山口 えり
群馬県 30歳

「〇年先の未来の初孫　隼《はやと》君へ」

隼君《はやとくん》、ママのおなかの中《なか》の宇宙《うちゅう》は快適《かいてき》？
家族皆《かぞくみな》が隼君《はやとくん》を待《ま》っていますよ
早《はや》く会《あ》いたいな♡

綿貫　玲子
群馬県　50歳

「一年先の未来の先日結婚した君へ」

好《す》きが消《き》えません。
一年以内《いちねんいない》に離婚《りこん》したら
私《わたし》のトコロに来《き》てください。

清川　裕子
埼玉県　23歳　会社員

「30年先の未来の夫へ」

まだ私《わたし》　あなたの奥《おく》さんですか？
途中《とちゅう》で捨《す》てられていませんか？

河野　由美子
埼玉県　56歳　飲食業

「〇年先の未来の我が二人の娘へ」

必《かなら》ずよ。子《こ》を産《う》んで育《そだ》ててね。
何《なん》にも変《か》わらぬ宝《たから》である意《い》味《み》が、
きっとわかってくれるはず。

柴宮 伊佐子
埼玉県 主婦

「30年先の未来の亡夫へ」

ありがとう、あなた。
一人《ひとり》の旅《たび》もそろそろ終《お》わり、
あなたに逢《あ》える日《ひ》が来《き》ます。

田原 典子
埼玉県 49歳

「20年先の未来の娘（花歩《かほ》）へ」

半年《はんとし》過《す》ぎても母《はは》の手《て》の温《ぬく》もりがする。
あなたが母《はは》になる時《とき》
私《わたし》も腰《こし》をさすってあげるね。

樋口 みゆき
埼玉県 36歳 主婦

「20年先の未来の息子へ」

オレに似《に》て、かならずハゲるから、
ハゲる前《まえ》に嫁《よめ》さんを見《み》つけろよ。
ママみたいな人《ひと》を。

深澤 功
埼玉県 55歳 会社員

「5年先の未来の私へ」

あのトウシューズ、
まだ持《も》っていますか。
笋《そう》の爪《つめ》、まだ持《も》っていますか。
大切《たいせつ》にしてね。

岩瀬 瑶有子
千葉県 13歳 中学校2年

「○年先の未来の自分へ」

この手紙《てがみ》を読《よ》んだら思《おも》い出《だ》してね。
今《いま》の私《わたし》が未来《みらい》の私《わたし》を思《おも》って
書《か》いた手紙《てがみ》だってこと。

佐藤 里帆
千葉県 12歳 中学校1年

「6年先の未来の自分へ」

初《はじ》めてのお給料《きゅうりょう》でお母《かあ》さんの好《す》きな物《もの》を
プレゼントしてあげてね。

市川 詩織
東京都 16歳 高校2年

「7年先の未来の23才の時の彼氏へ」

美穂《みほ》の彼氏《かれし》さん？
16才《さい》の私《わたし》は23で結婚《けっこん》したがっているので
結婚《けっこん》してあげてくださいね。

薄 美穂
東京都 16歳 高校2年

「15年先の未来の自分へ」

子供《こども》の名前《なまえ》はカタカナですか？

岡部 リズム
東京都 13歳 中学校1年

「7年先の未来の自分へ」

うち、今《いま》、幸《しあわ》せなんだけど。

下山　孝弘
東京都　17歳　高校3年

「四年先の未来の両親へ」

ありがとう。
いざという時《とき》、
素直《すなお》になれるかわからないから…
今《いま》、言《い》います。

澁谷 悠
東京都 16歳 高校1年

「10年先の未来の私へ」

故郷《ふるさと》を離《はな》れ東京《とうきょう》に出《で》てきて
10年《ねん》が経《た》ちましたね。
あの時《とき》の選択《せんたく》は正《ただ》しかったでしょう！

中田 陽子
東京都 27歳 教諭

「50年先の未来の自分へ」

この手紙《てがみ》の存在《そんざい》は
忘《わす》れていると思《おも》いますが、
どうか友達《ともだち》の存在《そんざい》は
忘《わす》れないでいて下《くだ》さい。

早川 伸子
東京都 15歳 中学校3年

「何十年先の未来の自分へ」

未来《さき》の事《こと》なんてわかんないよ。
今日《きょう》のことで精一杯《せいいっぱい》。
たぶん君《きみ》もそうだよね！

星 光城
東京都 15歳 中学校3年

「5年先の未来の私へ」

今《いま》、幸《しあわ》せですか？
十七歳《じゅうななさい》の私《わたし》はとても幸《しあわ》せです。

升本 美久
東京都 17歳 高校2年

「2年先の未来の自民党へ」

年金《ねんきん》は、全《すべ》ての加入者《かにゅうしゃ》に
ゆきとどいていますか。
そして、成長《せいちょう》を実感《じっかん》できていますか。

南山 大
東京都 13歳 中学校1年

「十年先の未来の自分へ」

元気《げんき》？　無事《ぶじ》に大人《おとな》になりましたか？
性格《せいかく》は変《か》わってないと思《おも》うから
ドジふまないようにね

山科　鶴美
東京都　13歳　中学校1年

「50年先の未来の地球へ」

この手紙《てがみ》が、資源《しげん》の無駄《むだ》だと叩《たた》かれる。
そんな世界《せかい》には、なっていないよな？

加藤　拓也
神奈川県　18歳　高校3年

「5年先の未来の自分へ」

貴方《あなた》が今《いま》、
これを読《よ》んで下《くだ》さっているのなら、
それで十分《じゅうぶん》。ありがとう。

齋藤 甫
神奈川県 18歳 高校3年

「10年先の未来の地球人へ」

「一筆啓上《いっぴつけいじょう》　出《だ》すなCO_2　環境守《かんきょうまも》れ　木々《きぎ》増《ふ》やせ」

伊藤　達也
長野県　小学校6年

「42年先の未来の自分へ」

今《いま》ごろは、マレーシアのジャングルだね。
昆虫博士《こんちゅうはかせ》になって新型昆虫《しんがたこんちゅう》の発見《はっけん》だ。

大野 昌也
新潟県 8歳 小学校3年

「17年先の未来の真生《まう》へ」

「香奈《かな》、牛乳《ぎゅうにゅう》もうなくなったの？
真生《まう》が赤《あか》ちゃんの時《とき》
全部《ぜんぶ》飲《の》んじゃったからかな。」

高橋 真生
新潟県 3歳 保育園

「10年先の未来のお母さんへ」

頭《あたま》ナデナデ。手《て》と手《て》ニギニギ。
ホッペとホッペはピタピタン。
ぜひぜひやってみてね。

長谷川 静代
新潟県 43歳 主婦

「三年先の未来の息子へ」

車椅子《くるまいす》ダンスに意欲《いよく》をみせた君《きみ》、
急遽《きゅうきょ》ダンス教室《きょうしつ》へ通《かよ》った母《はは》が相手《あいて》で、
満足《まんぞく》してますか。

長谷川 美智子
新潟県 63歳 主婦

「九年先の未来の柳澤 佑典 へ」

ネギは食《た》べれるようになりましたか。
好《す》ききらいはしてませんか。
もうすぐ20歳《さい》ですよ。

柳澤 佑典
新潟県 10歳 小学校5年

「9年先の未来の佐伯先生へ」

一人前《いちにんまえ》になった俺《おれ》が作《つく》った
パンを食《た》べてくれ。

橋本 光夫
富山県 17歳 高校3年

「10年先の未来の私へ」

十年後《じゅうねんご》の私《わたし》の顔《かお》を見《み》てみたい。
一生《いっしょう》けん命《めい》働《はたら》く顔《かお》。元気《げんき》な顔《かお》。
幸《しあわ》せタップリの顔《かお》。

山本 円来
富山県 9歳 小学校4年

「20年先の未来の私へ」

どうや？ 疲《つか》れたか？
仕事《しごと》、つっ走《ぱし》って来《き》たからな。
ちょっと休《やす》み。小休止《しょうきゅうし》。

田中 浩二
石川県 39歳 会社員

「1年先の未来の赤ちゃんへ」

こんにちは。
初《はじ》めまして私《わたし》は、お姉《ねえ》ちゃんの愛実《まなみ》です。
これから元気《げんき》に一緒《いっしょ》に遊《あそ》ぼうね。

橋田 愛実
石川県 10歳 小学校4年

「10年先の未来の輪島へ」

何《なに》もない事《こと》が倖《しあわ》せだと震災《しんさい》で気付《きづ》いた
水《みず》がある事《こと》笑《わら》える事《こと》家族《かぞく》が居《い》る
それだけでいい。

柳澤　由美子
石川県　36歳　パート

「10年先の未来の妻へ」

今何《いまなん》キロ？
俺《おれ》の愛《あい》とおやつで丸々《まるまる》と太《ふと》っただろ？

山田秀一
石川県 29歳 会社員

「10年先の未来のみんなへ」

夏《なつ》はせみとり、冬《ふゆ》は雪《ゆき》だるま、
こんな世界《せかい》守《まも》ってくれていますか。

青池 慎人
福井県 8歳 小学校3年

「8年先の未来の成人した自分へ」

今《いま》、小学《しょうがく》6年生《ねんせい》の夏休《なつやす》み。
成人《せいじん》したぼくにもあるのかな。
直接《ちょくせつ》会《あ》って話《はな》してみたい。

秋山　大輝
福井県　12歳　小学校6年

「5年先の未来のさみしがり屋の自分へ」

…んー。

ちゃんと自分《じぶん》の部屋《へや》でねてますか？

東 美紀
福井県 11歳 小学校6年

「20年先の未来のおばあちゃんへ」

ばあちゃん86さいですね。
いっしょに、りょこうにいきましょう。
おんぶしてあげる。

大澤 涼人
福井県 7歳 小学校1年

「15年先の未来バレーボールせんしゅになった自分へ」

「負《ま》けるなよ!!」

過去《かこ》の自分《じぶん》はそういったんだ。

岡本 真利生
福井県 小学校5年

「10年先の未来の息子へ」

嫌《いや》なことは早《はや》く忘《わす》れな！
6歳《さい》のあなたに言《い》われたこの言葉《ことば》、
ママずっと大切《たいせつ》にしてたの。

小嶋 京子
福井県 34歳 医師

「20年先の未来の自分へ」

二十年後《にじゅうねんご》でも、冬《ふゆ》に雪《ゆき》はふっていますか。
昨年《さくねん》は少《すこ》しふっていました。
冬《ふゆ》には雪《ゆき》が一番《いちばん》。

酒井 美里
福井県 11歳 小学校6年

「12年先の未来のおじいちゃんたちへ」

私《わたし》のふりそですがた、
ちゃんと見《み》てますか、
きれいでしょ。

坂本 野乃佳
福井県 8歳 小学校3年

「20年先の未来の自分へ」

今《いま》、すごくねむたい。食《た》べたい。
未来《みらい》の私《わたし》はメタボになっていないかな。
気《き》を付《つ》けてね。

酒生 沙弥香
福井県 12歳 小学校6年

「10年先の未来の自分へ」

こっちには君《きみ》は来《こ》れないけど、
そっちの方《ほう》が楽《たの》しいのかな…。

田中 海
福井県 15歳 高校1年

「5年先の未来の自分へ」

うざい。きもい。
こんな言葉《ことば》もう言《い》ってないよね!?

野村 真帆
福井県 15歳 中学校3年

「10年先の未来のぼくのまゆげへ」

ぼくのまゆげ。はんぶんまゆげ。
いっぽんまゆげになってるように。

谷間 祐介
福井県 6歳 小学校1年

「1年先の未来の英哉へ」

去年《きょねん》、畑《はたけ》でひろってきた幼虫《ようちゅう》は何《なに》になった。
くわがた虫《むし》か、こがね虫《むし》か、かなぶんか？

都筑　昌哉
福井県　42歳　公務員

「十年先の未来のお父さんへ」

今《いま》、お父《とう》さんの事《こと》が大嫌《だいっきら》いだけど、
十年後《じゅうねんご》は好《す》きになってるかもね。

妻川　春乃
福井県　18歳　高校3年

「5年先の未来のわたしへ」

仕事《しごと》がんばっていますか。
私《わたし》は今《いま》、未来《みらい》のあなたのために
勉強《べんきょう》をがんばっています。

寺澤　美結樹
福井県　15歳　中学校3年

「30年先の未来の夫へ」

いっしょに空《そら》を見上《みあ》げて、
食卓《しょくたく》で静《しず》かにお茶《ちゃ》を飲《の》む。
いいね。そんな日《ひ》も

宮川 陽子
福井県 44歳

「15年先の未来のぼくへ」

なきむしだったぼくも
りっぱなしょうぼうしになったんだね。
えらいぞがんばれ。

東谷 竜弥
福井県 7歳 小学校1年

「20年先の未来のさやかへ」

げんきにしていますか。
ちょうちょがたのでんわってありますか。
そらとぶくるまは？

山口 紗也加
福井県 7歳 小学校1年

「五年先の未来の私へ」

私《わたし》の代《か》わりに謝《あやま》って、感謝《かんしゃ》して。
そして私《わたし》も許《ゆる》して。

山下 優
福井県 23歳 公務員

「30年先の未来のおとうさんへ」

もうおしごといってない？
だったらまいにちあそべるね。

吉村　さくら
福井県　6歳　小学校1年

「3年先の未来の私へ」

今《いま》、トウシューズは何足目《なんぞくめ》ですか？

足笛《あしぶえ》のおどりを

小鳥《ことり》のようにおどれていますか？

黒沼 美月

岐阜県 8歳 小学校3年

「〇年先の未来の子供へ」

未来《みらい》。これ、無《な》かったら、
母《かあ》ちゃんあんたなんか生《う》まなかったよ。

杉山 洋之助
静岡県 84歳 自営手伝い

「10年先の未来の私へ」

主人《しゅじん》に内緒《ないしょ》で使《つか》ってる、
三万円《さんまんえん》の美容液《びようえき》。
効果《こうか》はあった？

竹嶋 千恵
愛知県 45歳 主婦

「10年先の未来の（現在小二）のいとこへ」

今《いま》なら分《わ》かるっしょ？
百円玉一枚《ひゃくえんだまいちまい》より千円札一枚《せんえんさついちまい》の方《ほう》が強《つよ》い！

山田 絵美子
愛知県 17歳 高校2年

「10年先の未来の私へ」

泣《な》いていても、悩《なや》んでいても、
生《い》きてこの手紙《てがみ》を読《よ》んでくれたら、
今《いま》の私《わたし》はそれでいい。

二井 貴久子
三重県 28歳 公務員

「20年先の未来の我が子達へ」

未来《みらい》を実感《じっかん》したのは、
あなた達《たち》の命《いのち》が私《わたし》のお腹《なか》に芽生《めば》えた時《とき》。
俊《しゅん》、佑《ゆう》、倖《さち》、ありがとね。

池内 智子
滋賀県 34歳 医療事務

「50年先の未来の自分へ」

忘《わす》れてないよね？
「ほしいもの？　……アシ2本《ほん》」
いっぱい泣《な》かせたんだよ、その本音《ほんね》。

永井 勝
京都府 26歳 介護事務

「二十年先の未来のさらに年老いた母へ」

白髪《しらが》増《ふ》えたね。腰《こし》曲《ま》がったね。
それでもあなたは
私《わたし》の一番《いちばん》強力《きょうりょく》なチアガール！

楢崎 寿子
京都府 27歳 大学院生

「〇年先の未来のお母さんへ」

なぁなぁお母《かあ》さんやけど
1人《ひとり》の女《おんな》やねんから
もっと自由《じゆう》に生《い》きていいねんで。

畔柳 沙百合
大阪府 18歳 高校3年

「三十三年先の未来の自分へ」

二人《ふたり》の占《うらな》い師《し》に
九十歳《きゅうじゅっさい》まで生《い》きると言《い》われた。
本当《ほんとう》やった!! 嘘《うそ》やった? 確《たし》かめたい。

宮本 みづえ
大阪市 57歳 パート事務員

「五年先の未来のわたしへ」

くじけそうな時《とき》
下《した》を向《む》くのが　あなたですか?
そんな風《ふう》に育《そだ》った覚《おぼ》えはありません

井上　佳奈
兵庫県　15歳　高校1年

「五年先の未来の自分へ」

悪性癌《あくせいがん》だ。全部摘出《ぜんぶてきしゅつ》します。
一緒《いっしょ》に頑張《がんば》ろうね!!
ガンバリマス　タスケテクダサイ

梅垣　恭子
兵庫県　71歳　主婦

「3年先の未来の自分へ」

高校《こうこう》行《い》けてますか？
行《い》けてたら、
授業中《じゅぎょうちゅう》あんまりねないでください。

大中 寧々
兵庫県 13歳 中学校1年

「5年先の未来の自分へ」

やることがあるならお早《はや》めに。
やらなかったらどうなるかは
過去《かこ》の自分《じぶん》が知《し》っている。

永井 里実
兵庫県 17歳 高校2年

「20年先の未来の自分へ」

相変《あいか》わらず、
意地《いじ》はってひとりを生《い》きているのか。
心閉《こころと》ざしたままの生《い》き心地《ごこち》はどうだ。

長浜 恵美
兵庫県 39歳 教員

「5年先の未来の自分へ」

私《わたし》の身長《しんちょう》、ちゃんと伸《の》びてますか？
ジーパンのすそを
切《き》らずにそのままはきたい!!

渡辺 裕子
兵庫県 17歳 高校3年

「10年先の未来の自分へ」

どんな髪型《かみがた》ですか？
どんな服着《ふくき》てますか？
僕《ぼく》は変《か》われてますか？

泉 雄将
島根県 15歳 中学校3年

「10年先の未来の子供夫婦へ」

九人《くにん》の孫《まご》と「かごめかごめ」をしている私《わたし》。
三人《さんにん》の子供達《こどもたち》よ、
産《う》めよ増《ふ》やせよ！　頑張《がんば》れ！

赤木　豊子
岡山県　51歳　自営業手伝い

「10年先の未来の3人の友達へ」

小学校《しょうがっこう》十時《じゅうじ》集合《しゅうごう》。
あの時《とき》みたいに遊《あそ》ぼうや。語《かた》ろうや。
うちらは一生友達《いっしょうともだち》じゃけぇね。

豊田 友梨
広島県 17歳 高校2年

「十年先の未来の主人へ」

「母《かあ》さん」ではなく
そろそろ名前《なまえ》で呼《よ》んでくださいね。
「ばあちゃん」も嫌《いや》ですからね。

有吉かおり
山口県　44歳　主婦

「5年先の未来の自分へ」

はっちゃけて　はっちゃけて
疲《つか》れたら休《やす》んで
またはっちゃけて

石井　彩
山口県　18歳　高校3年

「5年先の未来のわたし へ」

とりあえず、笑《わら》ってみ。
がんばれとか言《い》わんから。

植村 奈緒
山口県 14歳 中学校2年

「100年先の未来の子孫たちへ」

大切《たいせつ》な資源《しげん》をほとんど使《つか》ってしまいました。

ごめんなさい、ごめんなさい

m(_ _)m

大石 洋介
福岡県 55歳 会社役員

「10年先の未来の自分へ」

ジョギング、ウォーキング、山歩《やまある》き。
まだまだやれるよ大丈夫《だいじょうぶ》！
夜中《よなか》の徘徊《はいかい》、これは駄目《だめ》！

三宅 英明
大分県 61歳 会社員

「6年先の未来の自分へ」

悲《かな》しくて悲《かな》しくて涙《なみだ》も出《で》ないほど悲《かな》しくて
何《なに》も言《い》えずいじめられていたから
人《ひと》にやさしく。

有田 大貴
鹿児島県 14歳 中学校3年

「100年先の未来の自分へ」

そこまで生《い》きたらギネスだぜ。

交易場 由桂
鹿児島県 17歳 高校3年

「10年先の未来の自分へ」

小《ちい》さな願《ねが》いです。
灰色《はいいろ》の地味《じみ》なスーツが似合《にあ》う、
華《はな》のある大人《おとな》になっていて下《くだ》さい。

鈴木 一成
鹿児島県 17歳 高校3年

あとがき

最初の「一筆啓上賞」から数えると、この「未来への手紙」は、十五年目の取り組みとなりました。

「一筆啓上賞」は、十一年目から、それまでの一方通行の手紙ではなく、往復書簡を募集するかたちに変わりました。以降、「新一筆啓上賞」となったこの取り組みには、ますます心温まる手紙が寄せられるようになりました。

「新一筆啓上賞」は、「旧一筆啓上賞」のテーマを往復書簡で募集してみたら、どんなものになるだろうかと考えたところからはじまりました。

これまでの流れを思い出すと、「旧一筆啓上賞」では、母、家族、愛、父という順番でテーマが変わっていきました。そして、第五回目には、第一回目の「母」と重なる「母への想い」がテーマとなりました。

それには次のような理由があります。

第一回目の「母への手紙」には大きな反響があり、全国から数百通にもおよぶアンコールが来ていたのです。それに答えるかたちで、二度目の「母」が決まりました。

しかし、往復書簡となると、また同じテーマをというわけにはいきません。それで、十五回目を数えたこの回は、「父」につづく新たなテーマを相当な時間をかけて探すことになったのです。

手紙文化の先にあるものを何とか見つけ出したいという熱い想いと、今問われているのが「未来」だということで、ようやく今回のテーマが決まったときは、本当にほっとしました。

「未来への手紙」では、「新一筆啓上賞」としては初めて、一文字から四十文字という片道切符(一方通行)を募集することになりました。そもそも、未来から手紙が届くことは、今の技術では無理ですものね。しかし、何より片道にすることによって、より多くの方々に手紙のおもしろさを実感していただきたかったのです。

選考委員として引き続き、小室等さん、佐々木幹郎さん、中山千夏さん、西ゆうじさんに、今回も熱い想いで多くの作品と対峙していただきました。

住友グループ広報委員会の事務局長、井場満さんには、グループ各社の皆さんとともに、選考委員として三万七七二三通と闘っていただきました。その数は、その前年の二・三倍。これほどの反響になるとは思ってもいませんでした。本当にお疲れ様でした。

　郵便事業株式会社の皆様、地元財団法人丸岡青年会議所の皆様、温かなご支援ありがとうございました。

　そして、今回、手紙に未来を託された応募者の皆様、報道各社の皆様に感謝いたします。「新一筆啓上賞」をこれからも応援していただければ幸いです。

　この増補改訂版発刊にあたり、丸岡町出身の山本時男さんがオーナーである株式会社中央経済社の皆様には、大きなご支援をいただきました。ありがとうございました。

　最後になりましたが、西予市との友好関係がさらに進化し、発展することに対して、関係者の方々に感謝いたします。

二〇一二年四月吉日

編集局長　大廻　政成

日本一短い「未来」への手紙　新一筆啓上賞〈増補改訂版〉

二〇一二年五月一日　初版第一刷発行

編集者——喜夛正之
発行者——山本時男
発行所——株式会社中央経済社
〒一〇一-〇〇五一
東京都千代田区神田神保町一-三一-二
電話〇三-三二九三-三三七一（編集部）
〇三-三二九三-三三八一（営業部）
http://www.chuokeizai.co.jp/
振替口座　00100-8-8432
印刷・製本——株式会社　大藤社
編集協力——辻新明美

＊頁の「欠落」や「順序違い」などがありましたらお取り替え
いたしますので小社営業部までご送付ください。（送料小社負担）

ISBN978-4-502-45550-6　C0095